CHARLOTTE!

The Courageous Sea Turtle of The Mystic Aquarium
A Corajosa Tartaruga Marinha do Aquário de Mystic

D0840289

Written by/ Escrito por
KIKI LATIMER

Illustrated by/ Ilustrado por
BUNNY GRIFFETH

Translated to Portuguese by/ Traduzido para Português por
MARIA GABRIELA MARQUEZ

Author/autora: Kiki Latimer
Illustrator/ilustradora: Bunny Griffeth
Graphic designer/diagramadora: Louise Canuto
© Copyright 2011, Educa Vision Inc.
Coconut Creek, FL

Educa Brazil
7550 NW 47th Avenue
Coconut Creek, FL 33073
Tel: 954-977-7763
Fax: 954-970-0330
Web: www.educabrazil.com

ISBN13: 978-1-58432-695-3

Special Thanks
to
The Georgia Sea Turtle Center

Jekyll Island, Georgia
and
The Mystic Aquarium & Institute for
Exploration
Mystic, Connecticut

Agradecimento especial
ao
Centro de Tartarugas Marinhas da
Geórgia
Jekyll Island, Geórgia
e
Aquário e Instituto de Exploração
de Mystic
Mystic, Connecticut

Dedicated
to
Adam MacKinnon
and to
Cameron, Jonathon, Joshua, and Jaedon

Dedicado
a
Adam MacKinnon
e a
Cameron, Jonathon, Joshua e Jaedon

Once upon a time in the sea!
Once upon a time in the sea!
Lived a turtle shy and sweet,
The kind you'd like to meet
If you were a creature swimming by!

6

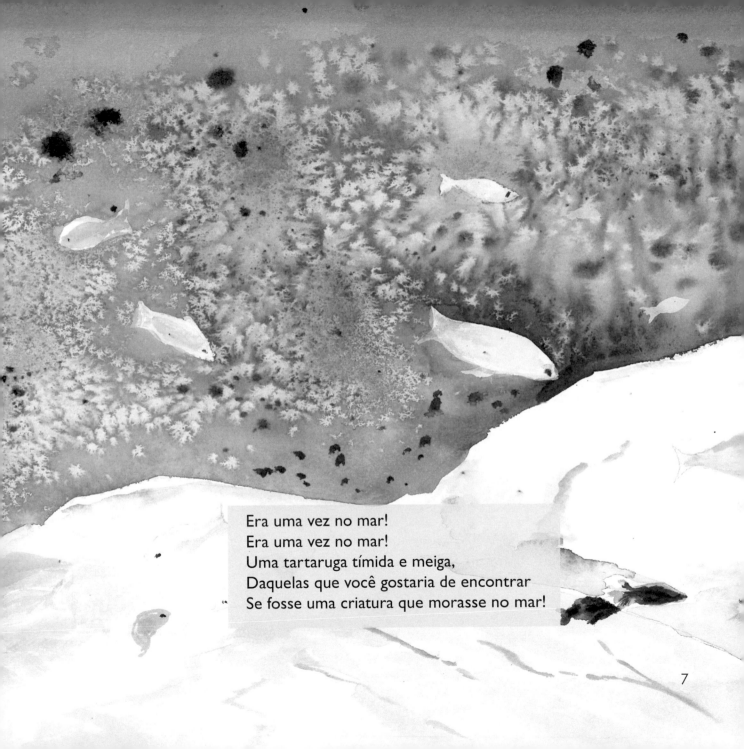

Era uma vez no mar!
Era uma vez no mar!
Uma tartaruga tímida e meiga,
Daquelas que você gostaria de encontrar
Se fosse uma criatura que morasse no mar!

This was Charlotte the sea turtle!
This was Charlotte the sea turtle!
She'd dance through a wave,
She was gentle, kind, and brave
And happy that her name wasn't Myrtle!

Now, Charlotte was no ordinary creature!
No, Charlotte was no ordinary creature!
She would give a little wink
Just to try and make you think!
She hoped one day that she would be a teacher!

Seu nome era Charlotte a tartaruga marinha!
Seu nome era Charlotte a tartaruga marinha!
Ela dançava entre as ondas,
Fazendo bolhas redondas
Era amável e corajosa como uma rainha!

A Charlotte não era uma criatura comum!
Não, a Charlotte não era uma criatura comum!
Ela piscava levemente
Querendo que você usasse sua mente!
Pensava algum dia ensinar pelo menos um!

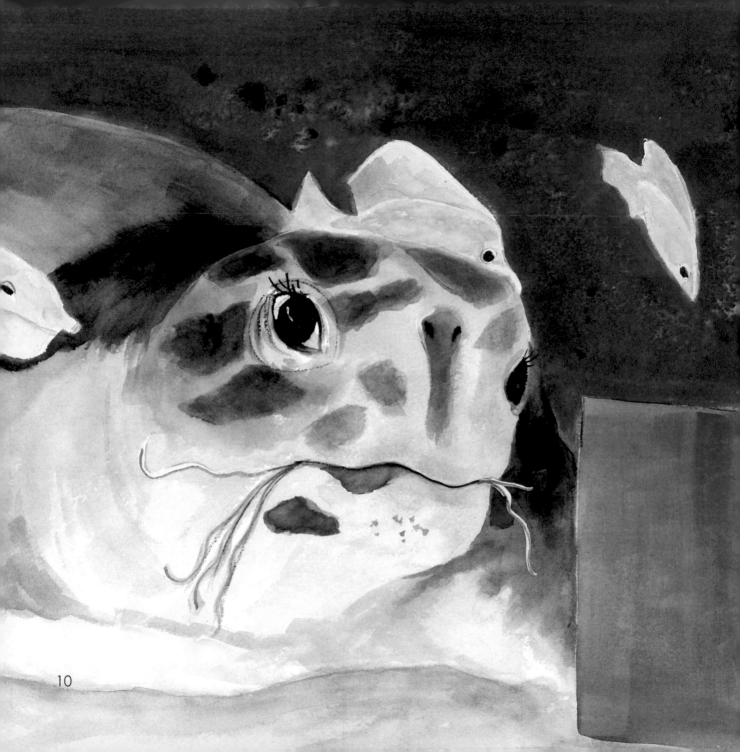

So Charlotte often had her nose in a book.
Yes, Charlotte had her nose in a book!
Charlotte loved to read
While she chewed upon seaweed!
She loved Moby Dick and Captain Hook!

Now Charlotte read a book every day.
Yes, Charlotte read a book every day!
With every page she'd turn
Something fun and new she'd learn!
A smarter turtle never came your way!

Moby Dick

Então a Charlotte adorava ficar entre livros.
Sim, a Charlotte adorava ficar entre livros!
A Charlotte amava ler
Enquanto algas gostavam de comer!
Adorava Moby Dick e as histórias de
monstros marinhos!

Agora a Charlotte lê um livro a cada dia.
Sim, a Charlotte lê um livro a cada dia!
A cada página que ela vê
Algo novo e divertido ela lê!
Você nunca viu uma tartaruga
com tanta euforia!

But Charlotte's story had a simple plot.
Yes, Charlotte's story had a simple plot.
She thought she'd always be
A turtle in the sea,
Then a boat propeller changed things a lot.

Mas a história da Charlotte tem um enredo singelo.
Sim, a história da Charlotte tem um enredo singelo.
Ela pensava que sempre seria
Uma tartaruga noite e dia,
Até que um barco lhe trouxe um pesadelo.

One day she was swimming through the waters!
Yes, one day she was swimming through the waters!
She saw a boat going fast!
As it suddenly went past
Charlotte felt it hit her hindquarters.

Um dia nadando ela estava nas águas!
Sim, um dia nadando ela estava nas águas!
E viu um barco vindo muito rápido!
E ao passar nada sutil
A Charlotte sentiu chacoalhar seu quadril.

Charlotte was a turtle of the deep blue sea!
Charlotte was a turtle of the deep blue sea!
Then this boat gave her a bump
Made a boo-boo on her rump
She washed up on the beach by a tree.

Charlotte era uma tartaruga das profundezas do mar!
Charlotte era uma tartaruga das profundezas do mar!
Um dia um barco a atingiu
E fez um dodói no seu quadril
Preocupada pensava se voltaria a nadar?

15

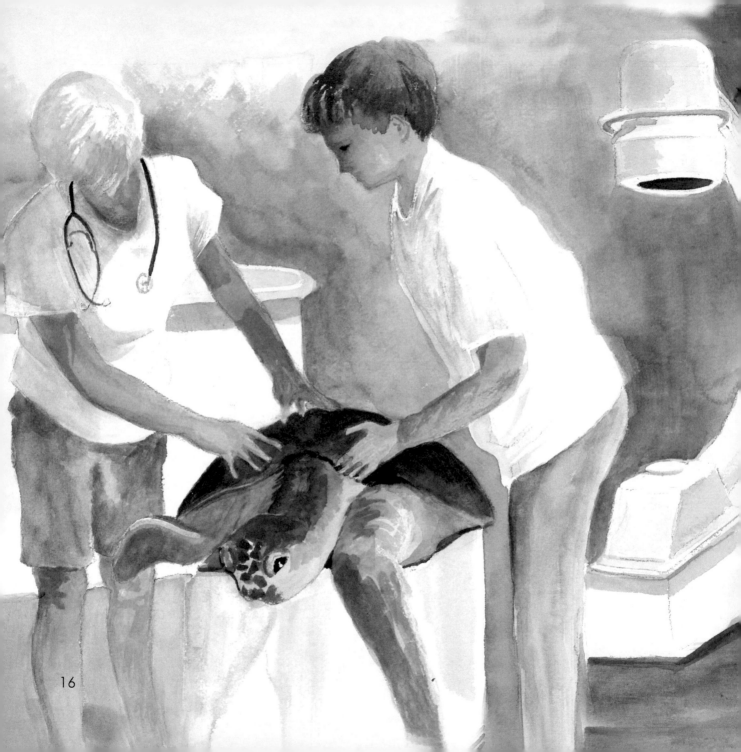

Well, Charlotte was rushed to the doctor and the nurse!
Yes, Charlotte was rushed to the doctor and the nurse!
They x-rayed Charlotte's hiney
She was feeling sad and whiney
But they made sure she didn't get much worse.

Bem, Charlotte foi levada até o doutor!
Sim, Charlotte foi levada até o doutor!
fizeram um raio-X na sua ferida
Estava se sentindo triste e dolorida
Mas eles a cuidaram para tirar sua dor.

Now Charlotte was a turtle
with some troubles!
Yes, Charlotte was a turtle
with some troubles!
She had a belly ache
And some medicine she must take
'Cause now she had
a tummy full of bubbles!

Agora Charlotte era uma tartaruga
com problemas!
Sim, Charlotte era uma tartaruga
com problemas!
Tinha bolhas na barriga
E devia tomar algumas medicinas
Oh meu Deus que dilema!

Yes, Charlotte had these bubbles in her belly!
Yes, Charlotte had these bubbles in her belly!
Then they moved to her butt
And that's where they got stuck
Now her bum floats like a fish made out of jelly!

Sim, Charlotte tinha bolhas na sua pancinha!
Sim, Charlotte tinha bolhas na sua pancinha!
Que depois se moveram até seu bumbum
Algo que não era nada comum
Agora seu bumbum parece uma gelatina!

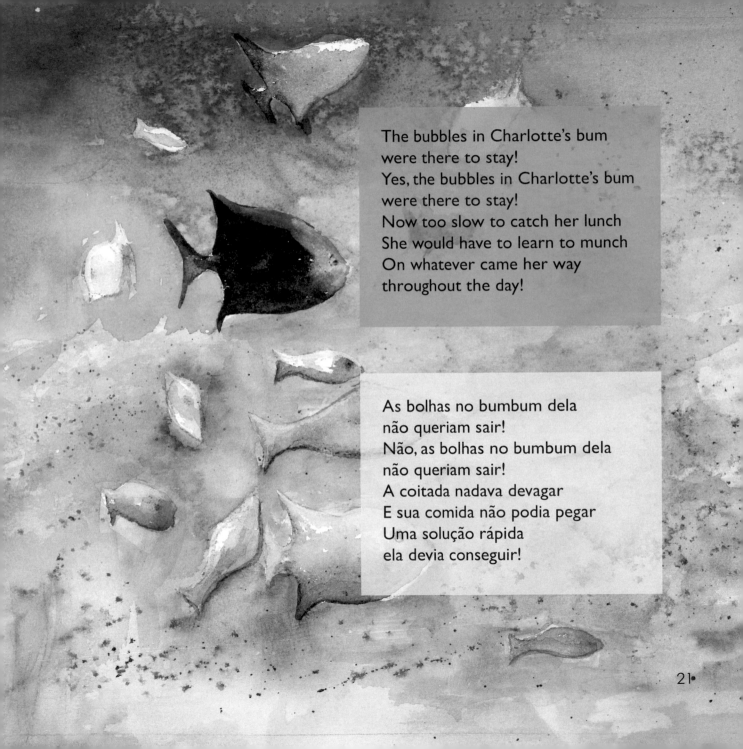

The bubbles in Charlotte's bum
were there to stay!
Yes, the bubbles in Charlotte's bum
were there to stay!
Now too slow to catch her lunch
She would have to learn to munch
On whatever came her way
throughout the day!

As bolhas no bumbum dela
não queriam sair!
Não, as bolhas no bumbum dela
não queriam sair!
A coitada nadava devagar
E sua comida não podia pegar
Uma solução rápida
ela devia conseguir!

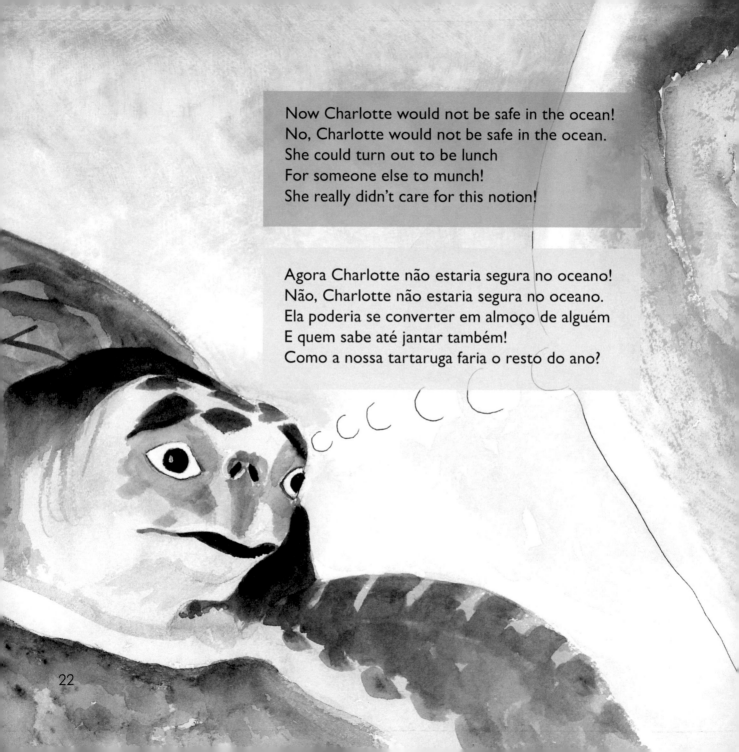

Now Charlotte would not be safe in the ocean!
No, Charlotte would not be safe in the ocean.
She could turn out to be lunch
For someone else to munch!
She really didn't care for this notion!

Agora Charlotte não estaria segura no oceano!
Não, Charlotte não estaria segura no oceano.
Ela poderia se converter em almoço de alguém
E quem sabe até jantar também!
Como a nossa tartaruga faria o resto do ano?

So Charlotte waved goodbye to the sea!
Yes, Charlotte waved goodbye to the sea!

It was a moment very sad
Then it began to make her mad!
So she sent for a nice hot cup of tea!

Então Charlotte disse adeus ao mar!
Sim, Charlotte disse adeus ao mar!

Foi um momento muito triste
Daqueles que só em novelas existe
E uma xícara de chá foi tomar!

24

Now Charlotte sipped her tea in a fit.
Yes, Charlotte sipped her tea in a fit.
Then she blew her runny nose,
As she thought about her woes,
And she cried about her bum being hit.

A Charlotte tomou seu chá com pressa
Sim, Charlotte tomou seu chá com pressa
Com um lenço assoprou seu nariz,
Não queria mais ficar infeliz
Mas chorava com profunda tristeza.

25

Then Charlotte said "Enough is enough!"
Yes, Charlotte said "Enough is enough!"
Then she slurped down the last sip of tea.
And she said "I am still me!"
She was made of the right kind of stuff!

For Charlotte was a tough young turtle!
Yes, Charlotte was a tough young turtle!
Through these waters she'd sail!
There was no way she'd fail.
She would find her way past this rough hurdle!

Então Charlotte disse "Chega"!
Sim, Charlotte disse "Chega"!
Tomou o último golinho de chá.
E pensou: "Vou sair desta já já!"
Ela era muito forte e meiga!

Charlotte era uma jovem e forte tartaruguinha!
Sim, Charlotte era uma jovem e forte tartaruguinha!
E nesses mares ela nadaria de novo!
E voltaria a ficar com o seu povo.
Ela saberia como superar esse probleminha!

27

And well, Charlotte rather liked her bubble behind!
Yes, Charlotte rather liked her bubble behind!
It made her different from the rest
Put her courage to the test
From it a new life she would find!

E bem, a Charlotte começou a gostar
das bolhas do bumbum!
Sim, a Charlotte comecou a gostar
das bolhas do bumbum!
Isso a fez diferente do resto
E pôs a prova seu talento
De agora em diante ela teria uma vida nada comum!

In Mystic was an aquarium like the sea!
Yes, in Mystic was an aquarium like the sea!
Charlotte sent her resume
Then she wondered night and day
If with lions of the sea she would be.

Em Mystic havia um aquário igual ao mar!
Sim, em Mystic havia um aquário igual ao mar!
Charlotte uma carta lhes enviou
E dia e noite ela imaginou
Se com leões marinhos ela iria morar.

Mystic said Yes! She could come!
Mystic said Yes! She could come!
If the sting rays didn't throw a tantrum!
So Charlotte moved into their tank,
And they found her rather swank.
They didn't even mind her bubble bum!

O Aquário a aceitou! Ela poderia vir!
O Aquário a aceitou! Ela poderia vir!
Em poucos dias para um lindo tanque,
A tartaruga Charlotte se mudaria,
E novos amigos ela conheceria
Que nem notariam seu bumbum grande!

Now Charlotte swims around like the queen!
Yes, Charlotte swims around like the queen!
She's as happy as can be
As anyone there can see!
So making fun of her butt would be mean!

Agora Charlotte nada como uma rainha!
Sim, Charlotte nada como uma rainha!
Ela está muito feliz
Nem sente dor nos seus quadris!
Que felicidade voltar à vida marinha!

33

Besides, our Charlotte is a turtle rather rare!
Yes, our Charlotte is a turtle rather rare!
And she just might make you wish
You were a turtle or a fish
With bubbles in your own derriere!

So we laugh with Charlotte and we see!
Yes, we laugh with Charlotte and we see!
That she's become a teacher
For every sort of creature
Including the likes of you and me!

Além disso, a nossa Charlotte é uma tartaruga bem rara!
Sim, a nossa Charlotte é uma tartaruga bem rara!
Ela até faria você desejar
Que fosse um peixinho e pudesse nadar
Ter bolhas no bumbum é uma diferença clara!

A Charlotte nos ensinou a lutar!
Sim, a Charlotte nos ensinou a lutar!
Ela se tornou um exemplo
Para quando termos um contratempo
Dar a volta por cima e continuar!

For Charlotte teaches us to understand!
Yes, Charlotte teaches us to understand
That the creatures of the sea
May need help from you and me!
Our hearts are where the ocean meets the land!

Charlotte was a turtle of the deep blue sea!
Charlotte was a turtle of the deep blue sea!
Then that boat gave her a bump
Made a boo-boo on her rump
Now she's a friend for you and me!

Charlotte nos ensinou a entender!
Charlotte nos ensinou a entender!
Que as criaturas do mar
Precisam do seu próprio lugar!
E sua amizade faz o nosso coração bater!

Charlotte era uma tartaruga do fundo do mar!
Charlotte era uma tartaruga do fundo do mar!
E aquele barco a atingiu
E fez um dodói no seu quadril
Agora a nossa amiguinha, vamos saudar!

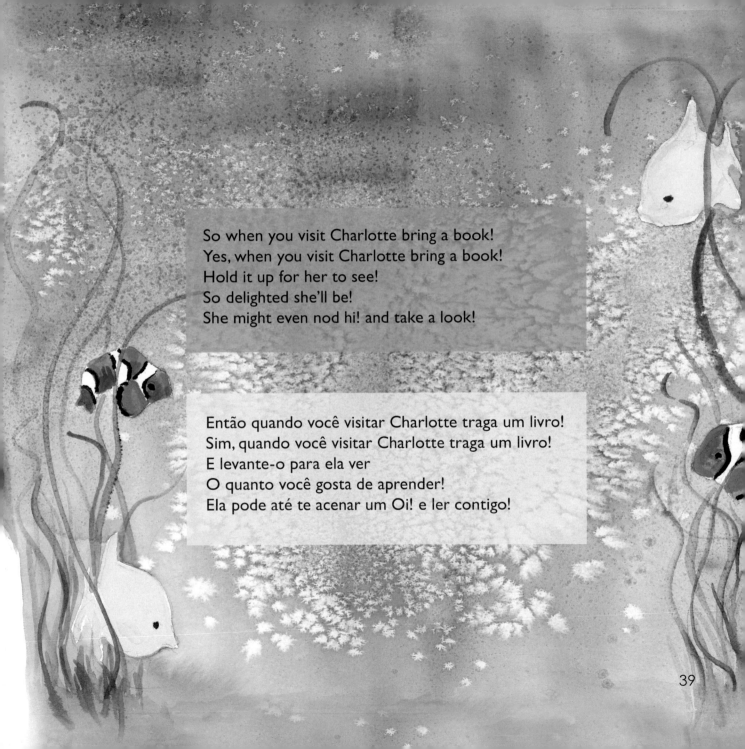

So when you visit Charlotte bring a book!
Yes, when you visit Charlotte bring a book!
Hold it up for her to see!
So delighted she'll be!
She might even nod hi! and take a look!

Então quando você visitar Charlotte traga um livro!
Sim, quando você visitar Charlotte traga um livro!
E levante-o para ela ver
O quanto você gosta de aprender!
Ela pode até te acenar um Oi! e ler contigo!

Then go home and drink a hot cup of tea.
Then go home and drink a hot cup of tea!
And when life gets rough
Know that you'll be tough
Because you've learned from Charlotte of the sea!

Quando for pra casa e beber um chá quentinho.
Quando for pra casa e beber um chá quentinho!
Saiba que você pode ser forte
Quando achar que não tem sorte
É o que a Charlotte nos ensinou com carinho!